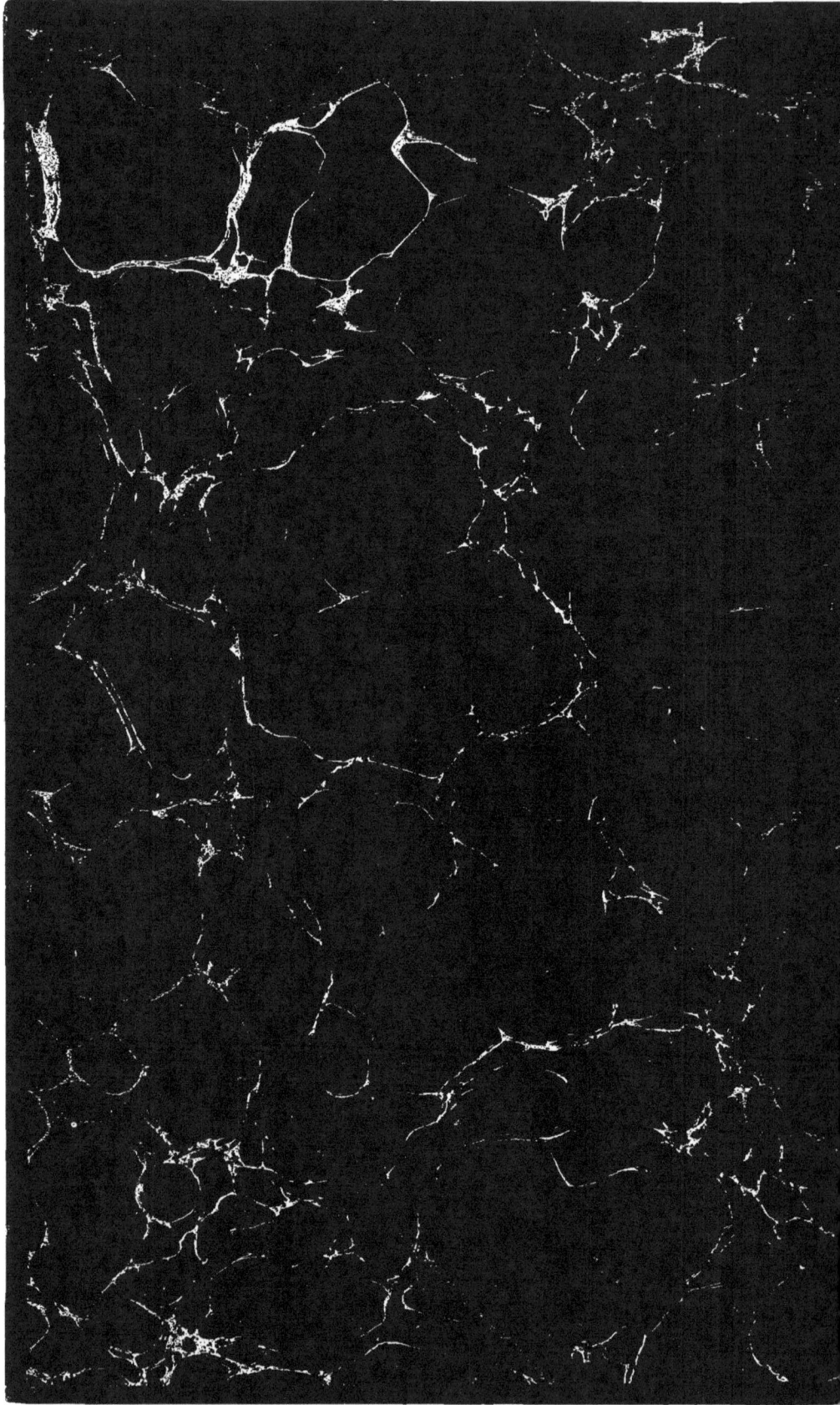

LA COM... E DE CAEN

...ES

MADAME

LA COMTESSE DE CAEN

Née ERMANCE MARCHOUX

NOTES BIOGRAPHIQUES

TESTAMENTS ET CODICILLES

PAR

Alphonse de JESTIÈRES

Deuxième Édition

AVEC UN PORTRAIT GRAVÉ PAR ED. FOLLET

PARIS

CAPIOMONT AÎNÉ, CALVET ET Cie, ÉDITEURS

10, RUE GÎT-LE-CŒUR, 10

—

1880

AUX ÉLÈVES

de l'École des Beaux-Arts

L'Auteur.

Madame la Comtesse de CAEN

Dans le numéro du 17 mai 1870, le *Gaulois*, sous la signature de M. Francisque Sarcey, relatait ce qui suit :

« .... Les lecteurs du *Gaulois* se rappellent sans doute l'histoire
« que je leur ai contée l'autre jour, de ce legs fantastique qui
« aurait été fait à l'Académie des Beaux-Arts, par une dame de Caen
« ou de Cant. Peut-être l'ont-ils prise pour un conte des *Mille et*
« *une Nuits*. Le conte est de la belle et bonne réalité : les ren-
« seignements les plus précis, les plus authentiques, me sont
« arrivés sur cette affaire, et j'ai pensé qu'ils intéresseraient les
« artistes. »

D'un autre côté, voici en quels termes s'exprimait M. Henriquel-Dupont, dans la séance annuelle de l'Académie des Beaux-Arts de l'année 1870 :

« .... Le legs le plus considérable est celui de madame la
« comtesse de Caen, qui a destiné la plus grande partie de sa
« fortune, non-seulement à la formation d'un musée, mais au
« payement d'une pension de quarante mille francs, pendant trois
« ans, aux peintres, sculpteurs et architectes qui reviennent de
« l'école de Rome.

« Madame la comtesse de Caen, avec cette délicate divination
« du cœur qui appartient aux femmes, a compris combien les
« premières années du retour à Paris étaient pénibles pour les
« artistes, passant brusquement des douceurs laborieuses de la
« villa Médicis aux luttes toujours difficiles de la vie pari-
« sienne.

« Elle ne leur imposera, en échange, que la seule obligation
« de contribuer, par une œuvre librement choisie, à la déco-
« ration du musée qui portera son nom. Et encore, lorsque
« l'œuvre aura une importance ou une beauté particulière, l'Aca-
« démie des Beaux-Arts pourra voter une somme de cinq mille
« francs à titre de récompense exceptionnelle.... »

On s'est demandé, et l'on se demande encore aujourd'hui ce
qu'était madame de Caen, par suite de quelles circonstances elle
avait légué sa fortune aux artistes.

Aucun écrit, aucun journal n'a, jusqu'à présent, éclairé le public
d'une façon satisfaisante. On ne connaît de cette dame que les
libéralités contenues dans son testament, libéralités qui ont été plus
ou moins bien exactement indiquées dans les journaux de Paris
et de la province.

Témoin de sa vie, nous avons pensé, en acquittant une dette
personnelle de reconnaissance, être agréable au monde artiste en
essayant d'esquisser, sans aucune prétention littéraire, quelques
pages de la vie de cette grande bienfaitrice de l'humanité, en
donnant quelques renseignements intéressants sur sa personne, son
caractère et son esprit.

Madame la comtesse de CAEN

NOTES BIOGRAPHIQUES

I

Le 12 avril 1870, à la suite d'une courte et cruelle maladie, madame la comtesse de Caen, née Ermance Marchoux, rendait le dernier soupir dans son habitation du Pricuré, à Saint-Georges-le-Toureil, canton de Gennes (Maine-et-Loire).

Ce jour-là fut un deuil général pour tous les habitants des communes environnantes, car leur bienfaitrice n'était plus.

C'est à Saint-Georges qu'elle contracta les germes de la terrible maladie qui devait l'enlever, si prématurément, à l'affection de tous ceux qui, de près ou de loin, ont pu apprécier la bonté de son cœur, l'élévation de son âme, l'étendue de son esprit.

Peu soucieuse des soins à donner à sa propre santé, elle allait, quels que fussent le temps et l'heure, par la pluie ou la neige, par les froids les plus rigoureux, à travers les bois, les plaines, partout où elle savait pouvoir apporter des consolations, soulager des infortunes. Ni les avis, ni les représentations de son excellent ami, le docteur Émery, son auxiliaire en bonnes œuvres, ne pouvaient l'empêcher d'accomplir ce qu'elle considérait comme une obligation de *la fortune envers les pauvres*.

On essayait parfois de lui cacher les ravages terribles de cette maladie du pays (l'angine), qui a pour foyer les habitations souterraines, anciennes carrières à tuffeau, si communes de l'autre côté de la Loire, mais elle ne tardait pas à être instruite par ses *courtiers en bienfaits* qu'à tel endroit, au sein de la terre, dans une cave privée d'air et de soleil, la souffrance avait élu domicile. Bien vite elle s'y rendait, s'asseyait au chevet du malade, le consolait, l'encourageait à supporter la douleur; puis, sans crainte, sans dégoût, sans hésitation, elle sondait le mal, préparait le médicament ordonné, et ne s'en allait que pour revenir bientôt, les mains pleines de libéralités.

Madame de Caen était fille d'un des plus honorables notaires de Paris, M. Marchoux. Elle se maria au fils de l'ancien capitaine-général gouverneur de l'Ile-de-France, le comte de Caen. Sa jeunesse et les premiers temps de son mariage s'écoulèrent entre sa mère malade et son vieux père paralytique, qu'elle ne quitta qu'à la mort, faisant déjà son apprentissage de sœur de charité.

La nature s'était plu à lui prodiguer tous les dons... Madame la comtesse de Caen avait la beauté qui charme et l'esprit qui séduit. Son sourire était le rayonnement perpétuel d'une âme tranquille et forte ; heureuse du bien qu'elle répandait autour d'elle, elle ne demandait à Dieu de prolonger son existence qu'afin de continuer son œuvre charitable.

Elle aimait les lettres, les sciences et les arts ; aucun sujet ne lui était étranger ; les questions les plus abstraites lui étaient familières. A une grande sûreté de vues, elle joignait une appréciation saine et une vérité de remarque tout à fait supérieure ; les découvertes modernes, les progrès dans les sciences et les succès artistiques surtout formaient l'objet principal de ses entretiens avec ses amis. Artiste elle-même, elle a créé plusieurs œuvres remarquables en peinture et en sculpture ; quelques-unes ont figuré aux expositions annuelles du Salon.

Parmi les œuvres qu'elle exposa nous citerons : un grand bénitier, — un groupe de chiens combattant et plusieurs toiles de genre, fort appréciés.

Nous pouvons signaler également à l'attention de nos lecteurs, l'entrée de la galerie Vivienne par la rue Neuve-des-Petits-Champs, n° 4, dont les cariatides supportant le balcon au-dessus de la voûte du passage, ont été exécutées par elle.

La plupart de ses œuvres doivent figurer dans le musée qu'elle institue par son testament, ainsi que son portrait, qu'avait commencé et que doit terminer M. Adolphe Yvon.

A la vie mondaine, au faste d'une habitation princière, aux fêtes orgueilleuses et retentissantes, madame la comtesse de Caen préférait les jouissances plus douces, plus calmes que lui procurait la vie qu'elle s'était faite au milieu des populations dont elle était la véritable souveraine.

La vaste salle du Prieuré, au rez-de-chaussée de sa déla-
brée et vieille maison, n'était pas assez grande pour contenir chaque jour les nombreux visiteurs venus des communes environnantes. Devant la haute cheminée, vieux
reste, à peu près restauré, d'une vieille ruine, se grou-
paient les petits enfants. C'était plaisir de les voir attentifs,
la mine éveillée, écoutant la leçon qu'elle leur faisait répéter
ou l'histoire qu'elle leur racontait. Cette salle, que les gens
du pays avaient décorée pompeusement du nom de salon,
n'était en réalité que la salle à manger, dont madame de
Caen avait fait la salle commune. On y voyait, à côté des
dressoirs antiques, entre les crédences étrangement sculp-
tées, et mêlés aux objets d'art les plus curieux, des livres
de classe, des cahiers barbouillés d'encre, des échantillons
des produits du pays, des instruments de travail; puis,
empilés sur des chaises, çà et là, même sur le sol, des pa-
quets de toile, des ballots d'étoffes de toutes sortes, des
fichus de toutes couleurs, des blouses, des cottes, des bas,
des chaussures, tous objets qu'elle donnait et distribuait à
ceux qui lui étaient signalés comme les plus nécessiteux.
Aussi n'était-ce chez elle qu'un va-et-vient indescriptible
de pieds nus et de sabots, de blouses et de cotillons, de
journaliers et de mendiants, de fermiers et de travailleurs
venant prendre leur part des conseils ou des aumônes de
leur bonne maîtresse, nom sous lequel chacun se plaisait à
la désigner.

Elle semait les bienfaits à pleines mains, sans compter,
mais avec le discernement qui exclut la paresse et l'ivro-
gnerie.

Si le cadre que nous nous sommes tracé n'était pas aussi

restreint, nous aurions publié quelques-unes de ses lettres, où son caractère est peint tout entier. On y retrouve à chaque page les nobles sentiments qui ont été sa ligne de conduite jusqu'à sa mort.

Religieuse sans affectation, elle montrait à tous l'exemple de la piété, en venant assister, dans son modeste banc, aux offices de l'église attenante au Prieuré. Le jour des grandes solennités, elle touchait l'orgue et accompagnait les chants religieux. L'église était alors trop petite pour contenir la foule qui accourait des communes voisines pour la saluer et lui faire cortége à la sortie.

Puis, tout ce monde *endimanché* l'accompagnait jusqu'à sa demeure. Là, point de murs, de grilles ni de fossés protecteurs élevés ou creusés contre les envahissements du dehors. L'entrée de sa maison était accessible à tous.

Nous l'avons dit, la préoccupation constante de madame la comtesse de Caen était de combattre la routine, si profondément enracinée chez les paysans; elle les initiait peu à peu aux modifications et aux perfectionnements à apporter dans l'outillage et dans la culture des produits du pays, par des leçons graduées appropriées à leur âge, à leurs forces et à leur intelligence; et, non contente de prêcher d'exemple, elle encourageait, par des avances en argent, les tentatives des travailleurs chez qui elle avait remarqué une plus grande aptitude ou une meilleure volonté.

La mort vint la surprendre au moment où elle allait réaliser le plan qu'elle avait conçu, de faire de sa propriété du Prieuré le centre d'une vaste exploitation agricole modèle.

Mais ce qu'elle n'a pu réaliser de son vivant, elle a pris

soin d'en jeter les bases dans l'un de ses testaments daté de Saint-Georges, le 12 juin 1867.

Nous en reproduisons, ci-après, les clauses principales, ne voulant pas affaiblir, par un résumé terne et imparfait, la grandeur de l'œuvre éminemment progressive, philosophique et humanitaire de madame la comtesse de Caen.

. . . .

« Mon intention est d'établir *une ferme modèle* dans « mes propriétés de *Saint-Georges, Gaudrée* et *autres.*

« Cette ferme modèle sera dirigée sous la surveillance « de mon légataire, qui agira comme propriétaire.

« Il y aura à cette ferme une *école* pour les jeunes gens « du canton de Gennes, qui seuls y seront admis; on les « perfectionnera dans leurs études; il faudra, pour pouvoir « entrer à l'école, savoir au moins lire.

« Il y aura *une classe de dessin d'agriculture* et de « *dessin linéaire ;*

« *Une classe de chimie concernant l'agriculture.*

« Les jeunes gens resteront de deux à trois ans sans payer, « sauf leur habillement.

« Ils seront soumis à des règlements sévères pour les « mœurs et la bonne conduite; ceux dont on aurait à se « plaindre d'une manière sérieuse seront renvoyés.

« Les élèves dont on sera content à leur sortie de l'école « auront chacun une somme de deux cents francs, payable « cent francs en sortant et cent francs un mois après; — si, « à leur sortie, ils se trouvaient placés éloignés du canton, « on leur donnerait les deux cents francs de suite.

« Il y aura visite de médecin tous les huit jours.

« Il y aura une chambre arrangée pour infirmerie, avec
« deux baignoires.

« Il y aura une *classe de musique* le dimanche et les
« jours de fête.

« On organisera un *gymnase* et *des jeux* de toutes sortes
« *pour les dimanches*.

« Tout jeune homme qui *ira au cabaret* sera puni ; s'il
« recommence, il sera renvoyé.

« Il y aura *tous les ans* une *grande* distribution de prix.

« *Les élèves*, devant les autorités du département, *tra-*
« *vailleront* et *laboureront;* ce ne sera qu'*après* une espèce
« de concours que *les prix seront décernés à ceux qui*
« *les auront le mieux mérités*.

« Comme les propriétés que je possède à Saint-Georges
« n'ont pas un revenu suffisant pour subvenir à cette école,
« je donne, à prendre sur le revenu de mes propriétés
« de Paris, qui consistent dans le passage Vivienne, les
« maisons qui en dépendent et le passage des Deux-Pavil-
« lons, une *rente annuelle* de *trente mille francs*.

« Je *lègue, en toute propriété*, ces mêmes biens de Saint-
« Georges *au département de Maine-et-Loire*, ainsi que
« la rente annuelle de trente mille francs, destinée à faire
« face aux dépenses de la ferme modèle.

« Je prie messieurs les membres du Conseil général et
« monsieur le Préfet, de vouloir bien accepter ce legs et de
« continuer l'œuvre que j'aurais faite, dans l'intérêt de
« l'agriculture et du pays, et en souvenir de monsieur
« Rousseau, ancien président et créateur du comice de
« Gennes. »

. . . .

Nous n'insisterons pas davantage sur la portée morale de cette fondation, sur ses conséquences et les progrès qu'elle est appelée à réaliser pour l'avenir, dans le département qui en est doté ; disons simplement que c'est là l'œuvre d'une femme d'esprit et de cœur, qui, toute sa vie, eut pour devise :

« La charité console dans la douleur; les bénédictions du « pauvre sont comme la rosée sur la plante qui se des-« sèche, elles raniment le cœur, elles élèvent l'âme. »

TESTAMENTS ET CODICILLES

II

Avant d'aborder la partie des testaments et codicilles qui intéresse plus particulièrement les lauréats de l'Académie des Beaux-Arts, appelés à bénéficier des dispositions si libéralement faites en leur faveur, par madame la comtesse de Caen, nous voulons répondre à certaines objections qui ont été faites dans plusieurs journaux à propos de ces récompenses.

On s'est étonné que madame la comtesse de Caen, qui aimait les lettres, et qui était excellente musicienne, n'ait pas compris la Société des Gens de lettres ni les compositeurs de musique dans ses libéralités.

Sa fortune ne le lui a pas permis.

Quelque importante qu'elle soit en réalité, cette fortune se trouve grevée de charges énormes, provenant en grande partie de la succession de son père, M. Marchoux, et par certains legs particuliers.

La testatrice, par l'expérience qu'elle avait des affaires, ne se faisait aucune illusion : elle savait qu'à sa mort son exécuteur testamentaire se trouverait fatalement aux prises avec des contestations et des difficultés de toute nature ; elle a voulu, en rédigeant ses volontés dernières, lui conférer les pouvoirs les plus étendus, afin qu'il pût réaliser son œuvre et exécuter fidèlement ses dispositions testamentaires.

C'est ainsi qu'à deux reprises différentes, on la voit exprimer l'espoir que le tribunal *accordera un grand laps de temps pour bien remplir ses intentions ;* puis, certaine que son exécuteur testamentaire aura obtenu le délai nécessaire, elle lui recommande de *mettre tout le temps possible pour bien réussir dans cette difficile fondation, qui ne commencera que du moment qu'il voudra.*

La lecture des testaments et codicilles, dont nous allons donner quelques extraits, prouvera, selon l'expression de M. Henriquel-Dupont, avec quelle simplicité madame la comtesse de Caen sentait la dignité des arts et à quelle hauteur de vue elle s'est élevée, en créant *ad hoc* la plus grande, la plus utile, la plus libérale des institutions des temps modernes.

. . . .
. . . .

« Après tous les legs déduits de ma fortune, le restant
« servira à fonder une institution que, si j'en ai le temps,
« je commencerai de mon vivant; si je ne le puis, mon exé-
« cuteur testamentaire s'entendra avec l'Institut des Beaux-
« Arts (1) pour exécuter ce que je vais dire.

« Les artistes *peintres, sculpteurs* et *architectes* en-
« voyés par le gouvernement à Rome, auront *chacun*,
« *après leur temps fini, pendant trois ans,* une *rente de*
« *quatre mille francs.* Les architectes, qui ont moins de
« frais pour leurs travaux, n'auront que *trois mille francs.*

« Si un jeune peintre ou sculpteur fait une grande œuvre,
« le comité nommé par l'Institut (2) pourra lui accorder une
« somme de *cinq mille francs,* mais pas plus.

(1-2) Académie.

« La plupart des jeunes gens, à l'expiration de leurs
« quatre années à Rome, ont une commande du gouverne-
« ment, mais on leur donne le sujet, ils sont obligés de s'y
« conformer; c'est ce que je veux éviter, car c'est entraver
« le génie. Dans aucun cas, les sujets ne seront donnés,
« chacun fera ce qu'il sentira le mieux; c'est la seule ma-
« nière d'avoir de véritables artistes; car, si le sujet ne
« convient pas à un artiste, même de talent, il ne fera ja-
« mais ce qu'il est capable d'exécuter.

« Il est même impossible qu'un homme de génie puisse
« s'y conformer. On parle du feu sacré; mais c'est le
« moyen de l'anéantir.

« *Les artistes auxquels on donnera ces rentes seront*
« *obligés, pendant leur durée, d'exposer au Salon une*
« *fois;* leurs ouvrages leur appartiendront, mais *ils seront*
« *obligés d'en faire un, dans l'espace de trois ans, pour*
« *mon Musée,* si mieux ils n'aiment décorer une partie du
« *Musée.*

. . . .

« Je ne donne que quatre mille francs et trois mille francs
« à chaque artiste, parce que c'est suffisant pour être au-
« dessus du besoin et que plus engendrerait la paresse et le
« désordre. . . . .

« Si des jeunes gens, ayant bien fait en loge pour con-
« courir au prix de Rome, n'avaient pas été admis, on leur
« donnerait pendant trois. . . un secours de deux à cinq
« mille francs, répartis de trois mois en trois mois.

« Je désire que mon portrait, qui a été commencé par
« M. Yvon, soit fini . . . . *et mon exécuteur tes-*

« *tamentaire s'entendra avec lui pour l'institution dont*
« *je viens de parler.*

   « Je veux que tous les objets en sculpture, peinture, tapis-
« serie, crochet et autres, faits par moi, ainsi que tous mes
« meubles de curiosités et tous mes objets de curiosités
« dont je dois faire un inventaire, soient déposés dans
« un musée que je veux former moi-même, si Dieu m'en
« donne le temps ; si je meurs avant de pouvoir le créer,
« *mon exécuteur testamentaire* fera arranger tout l'appar-
« tement du premier, maison n° 70, galerie Vivienne.

   « Le musée porterait le nom de Musée Ermance Mar-
« choux.

   « Le dimanche et le lundi seraient gratis, les autres jours
« seraient payants, moyennant une rétribution de 25 cen-
« times par personne. .

   « *Le montant des recettes servirait pour donner de la*
« *soupe et des vêtements aux pauvres du quartier.* »

....
....

   L'idée de la testatrice de vouloir établir son musée galerie Vivienne, au centre d'une exploitation industrielle, a
été vivement critiquée ; nous n'avons pas à discuter ici les
raisons mises en avant pour combattre la réalisation du
vœu de madame la comtesse de Caen, mais nous pouvons
affirmer que l'appropriation des vastes bâtiments affectés à
cet objet est chose possible. D'ailleurs sa volonté est for-
melle à cet égard, et l'on comprend à quel pieux sentiment
elle obéissait, en rédigeant la clause que nous avons rap-
portée. En effet, la galerie Vivienne a été construite
par M. Marchoux, son père ; c'est dans la maison n° 70

que la testatrice est née ; c'est là que s'est écoulée sa jeunesse ;
là qu'elle a vécu les plus belles et les plus heureuses années
de sa vie ; là, enfin, qu'entouré de l'estime et de la considéra-
tion de tous, son père a laborieusement et honorablement
acquis, dans les fonctions du notariat, la fortune dont madame
la comtesse de Caen fait un si noble emploi. C'est au même
sentiment que se rapporte le désir qu'elle exprime à la fin de
son testament : « de faire encadrer et placer dans l'une des
« salles du musée, » le témoignage de sympathie à elle adressé
par tous les locataires de la galerie Vivienne, à la mort de
son père, *manifestation rare* et qui l'a profondément touchée (1).

Nous voici arrivé au bout de notre tâche ; nous avons résumé, autant qu'il nous a été possible, les principales clauses
du testament de madame la comtesse de Caen, en essayant
d'esquisser, dans quelques pages, la vie toute de dévouement,
de charité et de bienfaisance de cette personnalité distinguée,
dont le nom, à jamais impérissable, demeurera attaché à la
fondation de l'œuvre la plus morale, la plus grande et la plus
féconde en progrès artistiques qui ait jamais été conçue.

Toutes les difficultés, inhérentes à la liquidation de la succession, qui retardaient l'éxécution des volontés de madame la
comtesse de Caen, sont aujourd'hui résolues.

L'Académie des Beaux-Arts et le Département de Maine-et-
Loire, ont été envoyés en possession des legs considérables
constitués en leur faveur.

1. L'Académie des Beaux-Arts ayant, spontanément, offert de prendre à sa charge,
l'installation définitive du Musée en question, dans les dépendances du Palais Mazarin,
l'exécuteur testamentaire s'est rangé à l'avis des personnes compétentes, qui ont cons-
taté l'impossibilité de disposer, d'une manière convenable, les locaux de la Galerie
Vivienne, pour les affecter à une exposition dont l'importance s'accreitra, d'année en
année, par les envois successifs des lauréats de l'Académie.

Les pensionnaires de la Villa Médicis à Rome, depuis leur retour en France, bénéficient, chaque année, des avantages qui leur sont attribués par les testaments et codicilles, dont nous avons donné, d'autre part, la transcription fidèle.

Bientôt s'ouvrira, au Palais Mazarin, dans l'aile des bâtiments en façade sur le quai Voltaire, le Musée qui doit porter le nom de madame la comtesse de Caen. Plusieurs artistes parmi lesquels nous relèverons les noms de MM. Toudouze, Ferrier, Idrac et Ulmann ont livré leurs œuvres ; elles sont exposées dans les salles du rez-de-chaussée, où se trouve le portrait de la testatrice, peint par M. Adolphe Yvon.

Enfin, la ferme modèle du prieuré de Saint-Georges est en voie d'exécution.

Paris. — Charles Unsinger, imprimeur, 83, rue du Bac.

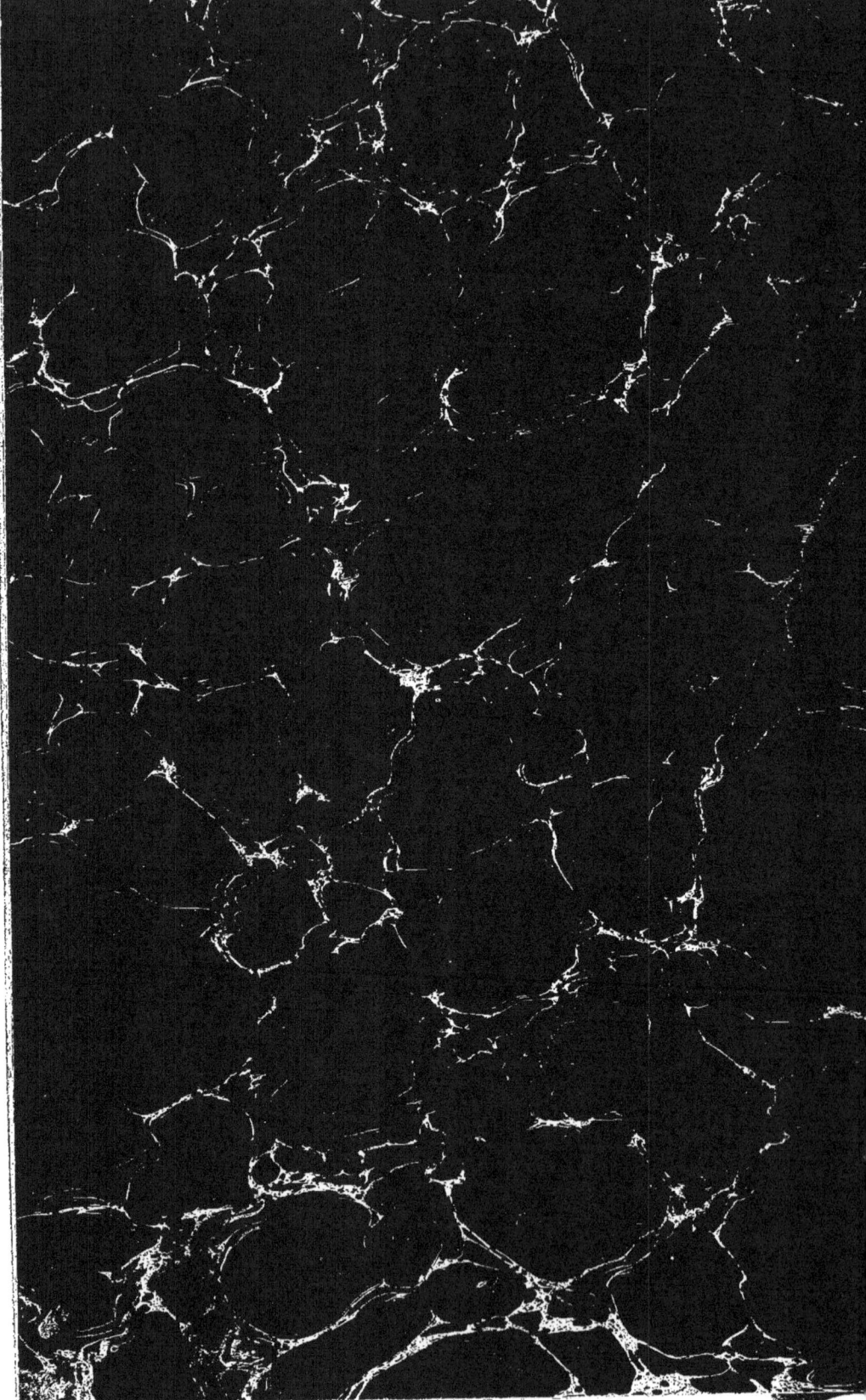

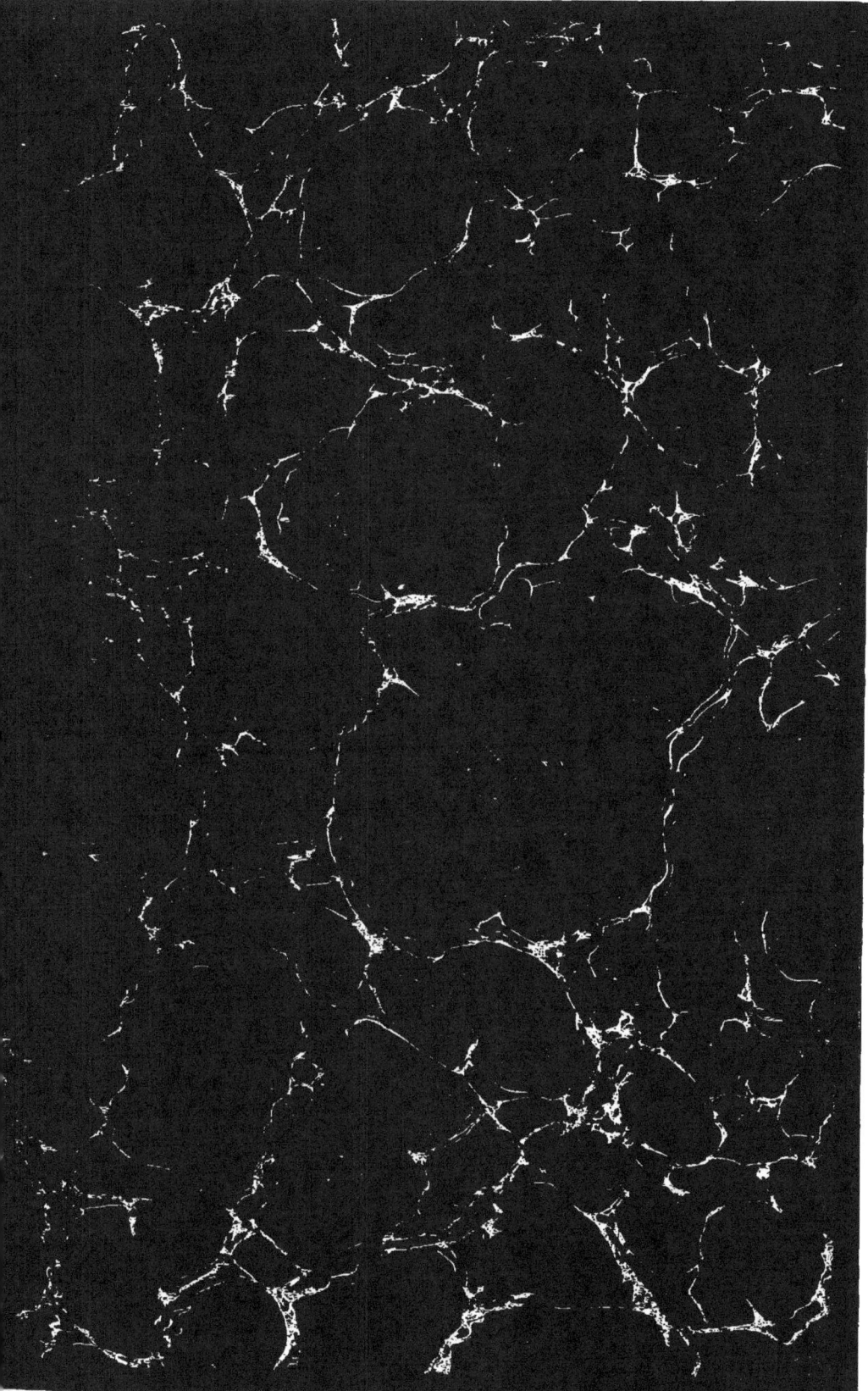

www.ingramcontent.com/pod-product-compliance
Lightning Source LLC
Chambersburg PA
CBHW060909180626
46818CB00004B/1893